Der kleine Hase Munk & Weihnachten

Erzählt von Joachim Strecker
und illustriert von Silvia Möller

Joachim Strecker - Der kleine Hase Munk und Weihnachten

Bibliografische Information der Deutschen Bibliothek:
Die Deutsche Bibliothek verzeichnet diese Publikation in der Deutschen
Nationalbibliografie; detaillierte Daten sind im Internet über http://dnb.ddb.de
abrufbar.

Herstellung und Verlag: Books on Demand GmbH, Norderstedt
ISBN 978-3-8391-7326-8

Kleiner Hase Munk,
wie kannst du dich freuen

Wie ein kleiner Hase ganz, ganz froh wird

Es war ein trüber, trüber Novembertag. Der kleine Hase Munk lag mit Vater und Mutter versteckt im Wald in einer Grasmulde am Rande einer Schonung. Munk war gerade aufgewacht und schaute missmutig in den grauen Morgen. „Ach", dachte er, „schon wieder so ein langweiliger Tag."
Da drang ein fernes Hundebellen an sein Ohr. Unser kleiner Munk erhob sich. Doch ehe er seine Löffel zum Lauschen ganz aufgestellt hatte, fiel ein dicker Regentropfen direkt auf seine Nase. Hatschi, machte er und gleich darauf noch einmal hatschi. Betrübt strich sich das Häschen mit den Pfoten über das Gesicht. „Da wird man zu allem Überfluss noch geärgert", sagte er.

„Reicht es nicht, dass der Nebel in den Bäumen hängt und kein Vogel mehr singt? Es ist wirklich eine trostlose Zeit, besonders wenn man klein ist und schnell friert."

„Was weckst du mich auf?", grummelte Vater Hase. „Gerade befand ich mich im schönsten Traum auf einer saftigen Wiese voll herrlichem Klee, da dringt dein Trompetenhatschi in mein Ohr. Nun hat sich der Klee in lauter Nebel verwandelt. Zu dumm!"

„Das tut mir leid", erwiderte der kleine Hase Munk, „aber Schuld daran hat allein der freche Regentropfen. Musste er ausgerechnet gegen meine Nase klopfen, wo ich dort doch so empfindlich bin!"

„Wer klopft bei uns an?", fragte Mutter Hase und blinzelte in die graue Morgensuppe. „Kriegen wir etwa Besuch?" „Nur ungebetenen", entgegnete der kleine Hase. „Und den habe ich schon weggewischt." „Das verstehe ich nicht", meinte Mutter Hase. „Aber eins weiß ich bestimmt, Besuch wischt man nicht weg!"

Vater Hase und Munk lachten lauthals und die Mutter guckte verdutzt. „Ich sehe, ihr wollt mich auf den Arm nehmen", meinte sie. „Da müsst ihr euch aber eine andere aussuchen."

„Mutti", rief der kleine Hase, „können wir uns nicht ein Dach über unser Zuhause anbringen, damit die Regentropfen nicht weiter Zielschießen auf meine Nase veranstalten?"

„Ah, daher weht der Wind. Doch lass dir sagen, du bist ein Hase und wirst nach Hasenart leben. Sonst musst du dich in ein Kaninchen verwandeln. Die haben einen trockenen Bau unter der Erde."

„Lieber nicht, ich bleibe bei euch."

„Endlich mal ein gescheites Wort von unserem kleinen Hüpfer", ließ sich Vater Hase hören. „Ich schlage vor, wir machen uns gleich auf die Socken, ich habe nämlich mächtigen Kohldampf. Es müssten noch ein paar Überreste auf den Feldern zu finden sein."

Vater Möllihopp erhob sich umgehend und hoppelte voran. Seine Familie folgte.

Bevor sie den schützenden Wald verließen und sich aufs offene Feld wagten, blickten Vater und Mutter Hase sich sorgfältig um. „Die Luft ist rein, also ran an die verstreuten Kohlblätter!", mümmelte der Vater. „Kohl ist des Hasen Leibgericht", sprach Mutter Hase bereits mit vollem Munde, „ich kann mir nichts Schöneres vorstellen." „Ein Fuchs wird das anders sehen", entgegnete Vater Möllihopp, „der wird unseren kleinen Liebling der grünen Delikatesse vorziehen." „Leider, leider", erwiderte Mutter Hase, machte Männchen und horchte erneut aufmerksam nach allen Seiten.

„Friss dich rund und pummelig", sagte Mutter Hase zum kleinen Munk, „wenn der Frost kommt und der eisige Wind über das Feld pfeift, wird der Tisch nicht mehr so reich gedeckt sein. Bald ist es so weit. Sieh zu, dass du noch mehr auf die Rippen

bekommst, damit du in Notzeiten davon zehren kannst."
„Ich bin dabei", antwortete Munk, „doch zur Kugel möchte ich nicht werden. Wie sollte ich dann vor unseren Feinden fliehen?"
Vater Hase zwinkerte ihm zu und meinte: „Als Rundling geben wir dir einen Schubs und du wirst zum Kugelblitz, uneinholbar."
„Lieber nicht", wehrte der kleine Hase ab, „die Idee überzeugt mich keineswegs."
Die Familie hatte ihren Hunger gestillt. Vater Hase machte den Vorschlag, zu den einige Hundert Meter entfernten Häusern aufzubrechen und einen Blick in die Gärten zu werfen. „Sie waren vor zwei Jahren im strengen Winter unsere Rettung", meinte er mit ernster Miene.
Das war etwas für unseren kleinen Munk. Er flitzte wie ein Pfeil voraus und schaute mit großen Augen über den Zaun. Aber nicht der Rosenkohl und der herrliche Grünkohl auf den Beeten ließen ihn staunen, sondern die leuchtenden Lichternetze, die über einige Büsche gespannt waren.
„Was sind das für helle Blüten?", fragte er seine inzwischen nachgekommenen Eltern. „Solche Büsche habe ich noch nie gesehen."
„Dummerchen", meinte Mutter Hase, „das sind elektrische Kerzen, mit denen die Menschen schon etliche Wochen vor Weihnachten ihre Gärten schmücken, damit die dunkle Winterzeit nicht gar so düster erscheint.

Am 24. Dezember, Heiligabend, kannst du hinter vielen Fenstern obendrein einen strahlenden Tannenbaum sehen. Und wenn es dämmrig wird, dann geht ein weißbärtiger Mann mit weitem roten Kapuzenmantel von Haus zu Haus und bringt den Kindern Geschenke."

„Wirklich?", fragte der kleine Munk ungläubig. „Ganz wirklich", beteuerte Vater Hase.

„Dann freue ich mich auf unser Weihnachten!", jubelte der kleine Munk. „Hasen feiern keine Weihnacht", erklärte Mutter Hase. „Nicht? Warum nicht? Ich will auch Weihnachten haben! Ich finde das blöd von den Hasen!" Und die Tränen kullerten aus Munks traurigen Augen auf die Erde.

Der kleine Hase Munk sprach auf dem Rückweg kein einziges Wort mit seinen Eltern. Er legte sich anschließend in die Hasenkuhle und weinte bitterlich. Am nächsten Tag hatte er Fieber.

Mutter und Vater Hase sahen sich besorgt an.

„Wenn ihn jetzt eine Krankheit schwächt", sagte Mutter Hase, „dann kommt er womöglich nicht durch den Winter." „Das darf auf keinen Fall passieren", meinte Vater Hase erschrocken. „Wir müssen ihm etwas versprechen, damit ihn die Vorfreude wieder gesund macht." „Sollen wir ihn mit irgendetwas anschwindeln?", fragte Mutter Hase. „Das habe ich nicht vor, höchstens am Anfang ein bisschen. Mir fällt da etwas ein, und wenn es am Ende klappt, dann wird alles gut."

„Da bin ich aber gespannt."

Vater Hase näherte sich seinem kleinen Sohn. Er streichelte ihm zärtlich über die Ohren und sagte: „Hör zu, kleiner Munk, wir verstehen deinen Kummer und wollen alles tun, damit auch du ein schönes Weihnachten hast. Nenne mir deine Wünsche, meine Schwester Hase wird sie aufschreiben und versuchen, den Zettel dem Weihnachtsmann zuzustecken. Er wird dich nicht vergessen. Ich bin ganz sicher, dass er brave Hasenkinder ebenso gern hat wie freundliche Menschenkinder."

„Bin ich denn brav?", fragte der kleine Munk und schaute den Vater bittend an. „Aber ganz sicher, beinahe braver als brav. Komm, richte dich auf und flüstere mir deine Wünsche ins Ohr."

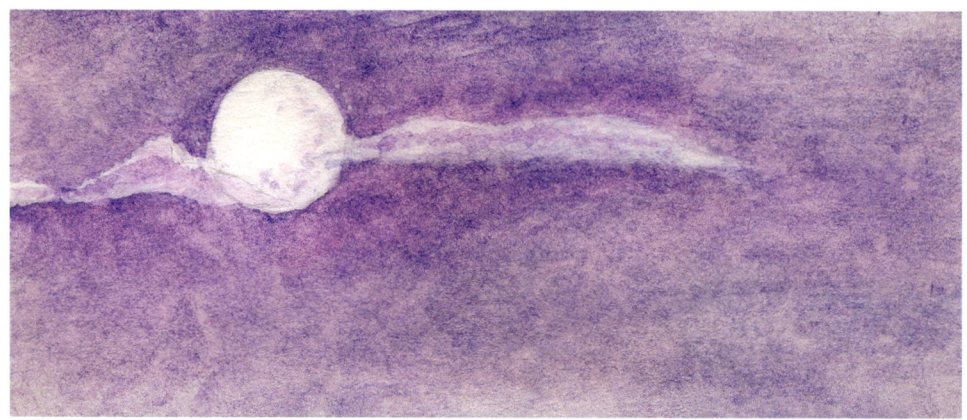

Da war der kleine Munk mit einmal wie verwandelt. Er dachte kurz nach, hüpfte dicht an Vater Hase heran und stupste seine Schnute gegen den Ohreingang.

Vater Hase zuckte zurück. „Das kitzelt, das kitzelt!", rief er kichernd aus, „nicht berühren!" Und er schüttelte seinen Kopf, um das kribbelige Gefühl loszuwerden.

„Komm, wir starten einen neuen Versuch", ermunterte er den kleinen Munk bald darauf.

Diesmal klappte es auf Anhieb. Und Vater Möllihopp nickte zustimmend. „Deine Wünsche halten sich im Rahmen. Morgen früh breche ich zu meiner Schwester auf. Sie ist die schnellste und ausdauerndste Läuferin weit und breit. Sie soll unser Bote zum Weihnachtsmann sein."

Der kleine Hase Munk war's zufrieden, kuschelte sich an Mutter Hase an und schlief sich bis zum nächsten Tag ganz gesund. Ein glücklicher Ausdruck lag hinfort auf seinem Gesicht.

Mutter Hase verbarg ihre Zweifel. Als sich der Vater in der Frühe auf den Weg machte, begleitete sie ihn ein gutes Stück. Beim Verabschieden stellten sich beide auf die Hinterläufe, setzten die Vorderpfoten gegeneinander und berührten sich mit den Nasen. „Gute Reise", rief Mutter Hase und winkte dem Davoneilenden noch lange mit den Ohren nach.

Vater Hase war losgespurtet und behielt sein Tempo lange bei. Dennoch dauerte es einige Stunden, bis er bei seiner Schwester eintraf.
„Hallo Liselotte!", rief er ihr zu. „Schön, dass ich dich am alten Platz antreffe. Ich befürchtete schon, du wärest umgezogen und ich hätte Schwierigkeiten, dich ausfindig zu machen. Ich habe nämlich eine dringende Bitte."
„So, so", entgegnete Liselotte, „dann schieß mal los."
Noch etwas außer Atem trug der Bruder sein Anliegen vor. Als er geendet hatte, blickte er forschend ins Gesicht der Schwester.

„Hm", machte Liselotte und noch mal „hm". Sie überlegte lange, dann meinte sie: „Das wird nicht einfach sein. Dein kleiner Sohn hat wirklich einen ausgefallenen Wunsch. Aber wir wollen die Flinte nicht gleich ins Korn werfen. Weißt du, im Schlaf habe ich stets die besten Einfälle. Wenn du heute Nacht hier verbringst, könnte ich dir vielleicht morgen einen Vorschlag unterbreiten."

„An mir soll es nicht scheitern, selbstverständlich bleibe ich noch mindestens zwei Tage. Ich darf einfach nicht mit leeren Händen zurückkehren.

Aber jetzt entschuldige mich einen Augenblick. Ich höre den kleinen Bach in der Nähe. Da ich ganz durchgeschwitzt bin, will ich mich dort ein wenig frisch machen."

„Aber selbstverständlich", entgegnete die Schwester, „ich bereite inzwischen unser gemeinsames Essen vor."

Liselotte war bekannt dafür, stets reichliche Vorräte angelegt zu haben, und sie zauberte ein wirklich köstliches Mahl auf den Waldboden.

Da Bruder und Schwester sich lange nicht gesehen hatten, gab es viel zu erzählen. Es wurde sehr spät, als sie sich endlich zum Schlafen aneinanderschmiegten.

„Erinnerst du dich noch", fragte Liselotte gegen Mitternacht und gähnte den Mond an, „wie wir uns als Kinder gegenseitig wärmten?"

„Oh ja", bestätigte der Bruder, „ich habe nie frieren müssen. Überhaupt hatten wir es wirklich gut damals. Leider leben unsere

Eltern nicht mehr. Ich würde Vater und Mutter noch so gerne etwas fragen." „Mir geht es ebenso. Doch sag mal, weißt du, wie es um unseren Bruder Schnellfuß steht?"

Doch statt einer Antwort hörte Liselotte nur gleichmäßige Atemzüge. „Nun denn", sagte sie sich, „dann hoffe ich selbst auf eine gute Ruh und einen hilfreichen Traum dazu." Und sie schob ihr Hasenköpfchen zwischen die Vorderläufe.

Als der Hase Möllihopp wieder erwachte, lief die Schwester bereits geschäftig hin und her. Sie hatte dabei einen pfiffigen Gesichtsausdruck und flötete ein lustiges Hasenlied. „Meine Schwester ist guter Dinge, das lässt hoffen", sagte sich der Bruder und ihm wurde bereits ein wenig leichter ums Herz. „Guten Morgen, liebe Schwester", rief er Liselotte zu, „hast du auch so wunderbar geschlafen?" „Nicht nur das", antwortete diese, „mich hat eine gute Fee besucht und einige Tipps dagelassen. Ich glaube, das Problem ist lösbar."

Der Bruder sprang auf und bedrängte die Schwester, sogleich mit der Sprache herauszukommen. „Nicht vor dem Frühstück", wehrte Liselotte ab. „Mit leerem Magen sollten wir die Sache nicht anpacken, dabei lässt sich leicht etwas übersehen." Der Bruder schlang die Mahlzeit hastig herunter und vermochte seine Neugierde kaum zu zügeln. Endlich legte seine Schwester los.

„Bin selten so auf die Folter gespannt worden", dachte Vater

Hase und war ganz Ohr, als Liselotte langsam und bedächtig ihren Plan erörterte.

„Ich habe vernommen", begann sie mit ernstem Gesicht, „es soll viele Tagesreisen von hier einen hohen Berg geben, der einen weit leuchtenden, schneebedeckten Gipfel hat.

Dort, so flüsterte mir die Fee zu, würde der Weihnachtsmann stets Station machen, wenn er mit dem Schlitten von seinem fernen Weihnachtsmannland kommt.

Auch auf dem Rückweg legt er ebenda eine Pause ein. Es wäre dann die geeignete Gelegenheit, ihn anzusprechen oder ihm wenigstens einen Zettel zuzustecken."

„Bravo!", rief der Bruder aus. „Ausgezeichnet!" Doch dann wurde er nachdenklich. „Wie willst du dorthin gelangen? Wer weist dir den Weg? Kannst du das wirklich bewältigen?"

„Ganz in meiner Nähe wohnt eine Krähe", fuhr Liselotte fort. „Ich habe mich mit ihr vor längerer Zeit angefreundet. Sie ist weit herumgekommen und wird bestimmt etwas über den Weihnachtsmannlandeplatz wissen. Ich werde sie bitten, in Sichtweite voranzufliegen. Das macht sie ganz sicher für mich, zumal ich ihr einmal das Leben retten konnte."

„Das hört sich gut an", stimmte der Bruder zu. „Unsere Chancen steigen. Wenn deine Vermutung zutrifft, nimm einen Rucksack, steck ordentlich Proviant hinein und dann ab die Post."

„Genau so will ich's machen", nickte die Schwester, „drück mir die Daumen."

Liselotte suchte die befreundete Krähe auf. Ihre Hoffnung erfüllte sich. Der Vogel kannte den Berg, versprach seine Unterstützung und freute sich selbst auf dieses Abenteuer.

Nun zweifelten die Geschwister nicht mehr am Gelingen, und Liselotte hüpfte vor Begeisterung wiederholt mit gewaltigen Sätzen meterhoch in die Luft, sodass der Bruder meinte: „Wer so viel Kraft hat, schafft es bis ans Ende der Welt." Bruder und Schwester trennten sich und eilten in entgegengesetzte Richtungen davon.

Vater Hase erreichte sein Ziel natürlich zuerst und wurde mit großer Erwartung empfangen. „Stell dir vor", teilte er dem kleinen Munk mit, „dein Wunschzettel wird dem Weihnachtsmann rechtzeitig durch einen Boten überbracht. Und vielleicht besucht der gute Mann dich sogar selbst noch in diesem Jahr."

„Toll, toller, immer toller", entfuhr es Munk, „wie hast du das bloß fertiggebracht? Ein richtiger Supervater. Sollte es dennoch nicht gleich klappen, dann werde ich mich gedulden und eben ein Jahr warten. Du hast genug für mich getan."

Diese Bemerkung machte Vater Hase so richtig von Herzen froh, zeigte sie doch, dass der kleine Munk ein wirklich nettes Kerlchen war.

Schwester Hase lief und lief und lief. Tage um Tage. Manchmal sah sie zur Krähe empor und dachte: „Ach, hätte ich doch auch Flügel. Wie leicht, wie mühelos segelt ein Vogel dahin, während mir langsam die Zunge aus dem Hals hängt. Aber ich will nicht aufgeben!"
Am fünften Tag war unsere Weltmeisterweitläuferin allerdings so erschöpft, dass sie bei einer Mittagsrast einfach umkippte und einschlief.

O weh, ausgerechnet in der Nähe eines Fuchsbaus!

Die Krähe hatte es zu ihrem Schrecken bemerkt und überlegte, wie die Freundin rechtzeitig der Gefahr entkommen konnte. Sie dachte so heftig nach, dass ihr fast der Kopf zersprungen wäre. Da kam sie auf einen verwegenen Gedanken. „Ich muss es wagen", sagte sie sich, „denn Schwester Hase schläft wie tot, es wird dauern, sie wieder wachzurütteln, und inzwischen hat der Fuchs uns beide erbeutet."

Die Krähe spähte nach allen Seiten. In der Tat erblickte sie über sich einen mächtigen Adler, der seine Bahnen zog. Sie nahm allen Mut zusammen und flog dem majestätischen Vogel entgegen. Der Adler sah die Krähe kommen und runzelte die Stirn. „Wer stört hier meine Kreise?"

Doch unsere Krähe ließ sich nicht abschrecken, näherte sich auf einen Meter und flehte inständig: „Kannst du einmal, großer Adler, über deinen Schatten springen und zum Retter werden?" Und sie schilderte in kurzen Sätzen die brenzlige Lage, in der Schwester Hase sich befand.

„Du verlangst viel von mir", meinte der mächtige Vogel, „aber weil ich heute Geburtstag habe, will ich eine Ausnahme machen. Wo liegt denn deine erschöpfte Freundin?"

Der Adler suchte mit seinen überaus scharfen Augen die Stelle ab, die ihm mitgeteilt wurde. „Sieh mal einer an", stieß er aus, „Reineke Fuchs sitzt schon vor Schwester Hase und leckt mit der Zunge übers Maul. Diesen Fang wollen wir ihm vermasseln. Habe ich doch noch eine Rechnung mit ihm offen, da er mir

neulich eine wohlgenährte Ratte weggeschnappt hat." Wie ein Pfeil schoss der Adler darauf herunter, umfasste mit seinen Greifern so vorsichtig wie möglich Schwester Hase und erhob sich vor den Augen des erstarrten Fuchses mit schweren Flügelschlägen in die Luft. „Diesmal war ich schneller", rief er dem Fuchs noch hämisch zu, „du hast dich zu früh gefreut!" Die Krähe näherte sich dem fliegenden Abschleppdienst und der Adler fragte: „Wo soll die Reise denn hingehen?" „Zum Weihnachtsmannberg."

„Aha, da will ich unserer ermatteten Häsin gern ein Stück abnehmen. Doch das Flugbenzin wird teuer für euch."

„So ein Adler hat echt Humor", dachte die Krähe, und beide Vögel lachten um die Wette.

Zum Glück wachte Schwester Hase erst auf, nachdem sie an einem sicheren Schlafplatz abgesetzt war. Was hätte sie für einen Schock gekriegt! Müsste sie doch annehmen, zur Beute eines Greifvogels geworden zu sein und alsbald verzehrt zu werden. Das wurde ihr erspart.

Doch ein Andenken blieb zurück: etliche zwickende Vertiefungen in ihrem Fell. „Wer hat es gewagt, mich hier und da zu pieksen?", fragte sie daher die Krähe. „Hast du etwa an mir nach Läusen gesucht und es dabei ein wenig zu gut gemeint?"

Die Krähe erzählte die wahre Geschichte. Doch Schwester Hase winkte ab. „Such dir eine Dümmere aus, um dein Seemannsgarn anzubringen."

Die erste große Gefahr war gut überstanden, doch das Ziel damit noch lange nicht erreicht. Nun hieß es wieder Tag um Tag laufen, laufen, laufen.

Dann endlich hatte Liselotte den Fuß des Berges erreicht. Unten im Tal dämmerte es bereits, doch die untergehende Sonne beschien den schneebedeckten Berggipfel und verlieh ihm einen großartigen rötlichen Schimmer.

Liselotte hockte wie angewurzelt da und riss die Augen weit auf. „Wie prächtig", rief sie aus, „dass ich das erleben darf!"

Und sie schaute und schaute und konnte sich nicht sattsehen.

Die Krähe wartete eine ganze Weile, dann hielt sie es an der Zeit, sich von Schwester Hase zu verabschieden. Sie krächzte mehrmals ganz laut, um die verträumt und gefesselt blickende Liselotte auf sich aufmerksam zu machen. Dann sagte sie mit großem Ernst: „Ich habe dich wie versprochen bis zum großen Berg gebracht, nun muss ich zurück. Das wirst du einsehen."

Liselotte verstand nicht sogleich, was ihre fliegende Begleiterin da äußerte, und die Krähe wiederholte ihre Entscheidung noch zweimal.

Endlich hatte Liselotte begriffen und fiel jäh aus ihrer Wunderwelt. „Ach", sagte sie, „ach, dann bin ich ja ganz allein! Wie schade!" Aber einsichtig setzte sie hinzu: „Du hast viel für mich getan. Mehr kann ich nicht verlangen. Sag mir nur noch, ob ich dem Weihnachtsmann nicht auch einen Wunsch von dir nennen soll."

„Ich habe mit meiner Geburt ein großes Geschenk erhalten, meine Flügel", erwiderte die Krähe. „Mehr beanspruche ich nicht." Und sie erhob sich und flog davon.

Es wurde dunkel und kalt und Schwester Hase fühlte sich auf einen Schlag einsam und verlassen. Die schmerzenden Glieder meldeten sich und Liselotte musste sich eingestehen: „Ich bin am Ende meiner Kraft, der Berg ist zwar erreicht, aber der Aufstieg ist ein zu großer Brocken. Ich befürchte, daran werde ich scheitern. Ich habe mir zu viel zugemutet. Es ist alles umsonst gewesen, umsonst, umsonst!"

Diese Erkenntnis machte Liselotte tief, tief traurig. Und sie vermochte sich dagegen nicht zu wehren. Ganz niedergeschlagen senkte unsere gute Häsin ihren Kopf fast bis zum Boden. Die aufrechten Ohren verloren den inneren Halt und fielen schlaff herunter. Eine Erschütterung ließ das arme Tier erbeben. Dann schluchzte Liselotte laut und weinte ohne Unterlass. Ja, sie hätte sich noch die Augen aus dem Kopf geweint, wenn die große Müdigkeit nicht den Schlaf herbeigeholt hätte, der sie für die Stunden der Nacht von ihrem Jammer erlöste.

Jeder Morgen bringt einen neuen Anfang und mit ihm manchmal eine neue Hoffnung.

Als Liselotte am späten Vormittag ihre verquollenen Augen öffnete, glaubte sie zunächst einer Täuschung zu erliegen. Vor ihr stand ein Bär und sie hörte seine mitfühlende Stimme: „Du armes Geschöpf Gottes, was quält dich so? Du hast so herzerweichend geweint, kann ich dir helfen?"
In der Tat, der Bär war echt, und Liselotte überlegte jetzt krampfhaft, ob die Anteilnahme ernst gemeint war. Da sie sich aber zu geschwächt fühlte, um den Tatzen des Bären zu entkommen, ließ sie es einfach darauf ankommen und antwortete: „Ach, wenn du wüsstest!"
„Lass es mich doch, bitte, wissen!"
Und der Bär sagte das so lieb, dass Schwester Hase alle Bedenken

zur Seite schob und ihre ganze Leidensgeschichte erzählte. Der Bär Stup hörte aufmerksam zu. Dann sagte er: „Ist das alles? Das kriegen wir hin. Guck dir meine Muskeln an. So einen Berg nehme ich im Dauerlauf. Spring auf meinen Rücken, diese Bergtour wird dich noch entzücken."

Liselotte dachte kurz nach. „Tatsächlich, das ist die Lösung! Das ich nicht gleich darauf gekommen bin!"

Natürlich war diese Bemerkung nur ein Witz, denn nie hätte ein Hase ohne Lebensgefahr einen Bären angesprochen. Doch dass Liselotte gerade ein Witz nach all ihrem Kummer spontan einfiel, zeigte, dass unsere Häsin wieder ganz fröhlich werden konnte.

Der Bär hatte nicht zu viel versprochen. Er nahm den Berg im Sturm und oben angekommen pustete Stup nicht einmal. Liselotte sprang vom Rücken herunter und machte Männchen. „Herrlicher Rundblick!", rief sie begeistert. „Und das alles kostenlos!"

Stup blinzelte ihr zu. „Die Rechnung kommt später. Doch Scherz beiseite, ich werde schnell wieder verschwinden. Wer weiß, wie der Weihnachtsmann reagiert, wenn ich plötzlich vor ihm steh. Nachher fällt der gute Mann noch in Ohnmacht,

die Geschenke bleiben liegen und die Bescherung fällt für diesmal aus. Dann werden alle Kinder, indem sie mich meinen, all ihre Stoffteddybären aus dem Fenster werfen. Lieber nicht. Deshalb verdufte ich vorsorglich. Also, Tschüs dann."

Und schon hatte sich Stup auf den Hintern gesetzt und sauste von Schneegestöber umgeben den Berg in null Komma nichts

herunter. Schwester Hase blickte ihm erstaunt nach und dachte:

„Guter Tipp. Das Bergproblem ist aus der Welt. Diese Rückfahrkarte werde ich ebenfalls lösen."

Liselotte wollte nun untersuchen, welch ein Anblick sich ihr bot, wenn sie die andere Seite des Berges herunterschaute. Sie hoppelte über den Schnee und hielt unvermutet inne. Was für eine Überraschung!!

Auf einem breiten Bergvorsprung befanden sich zwei große, ansehnliche

27

Gebäude. Viele kleine Kapuzenmännchen liefen bei ihnen geschäftig hin und her und schleppten Päckchen und Pakete von einem großen Haufen in diese Bauten hinein. Offensichtlich wurden sie dort nach Adressen geordnet in Regalen abgelegt. Liselotte verfolgte dieses Schauspiel mit dem größten Vergnügen. Noch nie hatte sie so viele mit den unterschiedlichsten Papiermustern eingepackte Geschenke gesehen.

„Donnerwetter!", entfuhr es ihr. „Künstler gibt's!"

Und sie versuchte das Treiben vor ihren Augen zu verstehen.

„Natürlich", sagte sie sich schließlich, „die Geschenkübergabe muss selbstverständlich geplant durchgeführt werden. Das lässt sich nicht an einem Tag erledigen. Eine gute Vorbereitung ist nötig.

Wie leicht könnte sonst ein Durcheinander entstehen und das eine oder andere Kind ginge leer aus. Nicht auszudenken!"

Noch ganz in diese Überlegung vertieft hörte sie plötzlich eine tiefe Stimme und erschrak. Unmittelbar vor ihr stand der Weihnachtsmann.

„Wer wird denn so naseweis sein und uns bei der Arbeit beobachten?! Das schickt sich nicht. Und das mögen wir ganz und gar nicht! Kannst du mir dein Verhalten, bitte, erklären?"

Liselotte zitterte und kriegte zunächst keinen Ton heraus.

„Na, meine Dame, mal raus mit der Sprache. Bei uns wird niemand der Kopf abgerissen."

Schwester Hase blickte ängstlich ins Gesicht des gewichtigen Mannes. Als sie dort ein aufmunterndes Lächeln entdeckte, verlor sie augenblicklich ihre Furcht und erzählte die ganze Geschichte von Anfang an. Wie ein Wasserfall sprudelten die Worte aus ihr heraus. Dann holte sie den Wunschzettel vom kleinen Hasen Munk aus ihrem Rucksack und überreichte ihn ein wenig verschämt.

Der Weihnachtsmann las ihn sich durch und schwieg. „Was kommt nun?", fragte sich Liselotte in der ihr endlos erscheinenden knappen Minute der Stille. Und sie hatte das

Empfinden, als brannte ein Feuer unter ihren Fußsohlen. Dann kam die befreiende Antwort: „Das lässt sich machen."

Liselotte jauchzte. Sie freute sich wie verrückt und lief dabei dem Weihnachtsmann sogar unter den Mantel. Vorne rein und hinten wieder raus. Und das Ganze zehnmal!
„Das kitzelt, das kitzelt!", rief der weißbärtige Mann, verlor vor Lachen das Gleichgewicht und setzte sich prompt in den Schnee. Es machte kräftig Rums und alle kleinen Kapuzenmännchen unterbrachen ihre Arbeit und kamen angewieselt. „Was geht hier vor sich?", fragten zehn auf einmal mit zorniger Miene. Doch der Weihnachtsmann winkte ab.
„Köstlich, köstlich, gönnt eurem Chef diesen Spaß. Doch jetzt helft mir auf."

Und hundert kleine Wesen zogen und stemmten, ächzten und schwitzten. Aber dann war es geschafft, der Weihnachtsmann stand wieder.

„Habt Dank, meine dienstbaren Geister", sagte der jetzt rundum eingeweißte Mann nach gelungenem Manöver und entließ die ganze Schar, die kichernd zurück an ihre eigentliche Aufgabe ging. Nun wendete sich der Weihnachtsmann erneut an Schwester Hase und versprach:

„Ich denke an euch, sei unbesorgt. Mein Wort drauf."
Liselotte verbeugte sich artig, dann nahm sie ihren Rucksack in die Vorderpfoten und lief in Richtung Abhang. Mit Schwung warf sich die Häsin bäuchlings auf diesen Tornisterschlitten und sauste den Berg hinab. Da Liselotte vergaß, rechtzeitig zu bremsen, holte sie sich noch eine Beule an einer uralten Eiche, doch das

störte sie nicht. Wer so voller Freude ist, lacht über diesen unbedeutenden Schmerz.

Wie beflügelt bewältigte sie den Rückweg tatsächlich in halber Zeit und dachte unterwegs nur immer an die frohe Nachricht, die sie dem kleinen Munk überbringen würde.

Die letzte Strecke legte Liselotte sogar in der Nacht zurück. Der Vollmond leuchtete so kräftig, wie er nur konnte, damit Schwester Hase nur nicht strauchelte oder ein nachtaktives Tier umrannte. Auf keinen Fall sollte sie in die Stacheln eines Igels geraten, denn

diese putzigen Tiere suchen im Spätherbst bisweilen noch ein geeignetes Winterquartier und sind im Dunkeln gern auf der Pirsch.

Als die Sonne gerade aufgehen wollte, stand Liselotte vor der Kuhle der Möllihopps. Die ganze Familie schlief noch. Als würde seine Tante ihn anfunken, öffnete der kleine Munk die Augen. „Träum ich oder wach ich?", fragte er sich und kratzte sich hinter dem Ohr. Doch die Erscheinung verschwand nicht, und als der kleine Munk ihr entgegenhüpfte, nahm er den wohlbekannten Geruch von Liselotte auf.

„Vater, Mutter", rief er darauf aus, „Schwester Hase lebt! Sie ist zurückgekehrt!"

Wie von der Tarantel gestochen schnellten die Angesprochenen in die Höhe, rissen die Augen auf und musterten Liselotte von oben bis unten. Dann brummte Vater Hase ungläubig: „Es gibt tatsächlich noch Wunder. Wir hatten dich schon aufgegeben. Sei uns willkommen, ob mit oder ohne gutem Ergebnis."

„Aufgabe zu voller Zufriedenheit durchgeführt. Weihnachtsmann wird kommen", verkündete Liselotte mit Stolz. „War knapp, manchmal sehr knapp. Aber das ist jetzt nebensächlich. Der Erfolg allein zählt. Ich könnte eine Riesentrompete nehmen und in den Wald schmettern, dass alle Bäume wackeln und zu tanzen beginnen."

„Das kann ich voll und ganz verstehen", versicherte Mutter Hase.

„Doch du siehst abgemagert aus. Wir werden dich pflegen und wieder hochpäppeln."

„Das ist nicht nötig, denn ich fühle mich pudelgesund und mein Herz schwappt beinahe über im Freudentaumel."

„Beherrsch dich", ermahnte der weise Vater Hase, „wer vor Glück zerspringt, zerplatzt eben auch."

Man kann sich denken, wie es im kleinen Munk aussah. Er konnte sich nicht mehr bremsen. „Auch für mich, für mich gibt es jetzt Weihnachten, auch für mich Hasenkind. Das ist wunder-wunderwunderbar", jauchzte er voller Begeisterung. Und er machte sechs Rollen vorwärts und sieben Rollen rückwärts. Dann ging es rückwärts in den Handstand und anschließend schlug er so viele Räder, dass den erwachsenen Hasen fast die Ohren wegflogen und sie glaubten, zehn Propeller kämen herangebraust. „Stopp!", rief Vater Hase, „stopp! Du rupfst uns noch das Fell vom Haupt und man wird uns dann die Sippe der Glatzkopfhasen nennen. Wenn du noch lange weitermachst, vielleicht sogar die der Nackedeihasen."

Der kleine Munk hielt sofort inne. Denn das wollte er seinen Eltern nebst Tante nun wirklich nicht antun.

Doch irgendwie musste er sich noch Luft machen. So lief er zu einem Ameisenhaufen, näherte sich mit seiner Schnute ganz dicht den Krabbeltieren und erzählte von seinem großen Glück. Doch diese Tiere interessierte sein Gebrabbel überhaupt nicht, und sie wehrten ihn mit ihrer ätzenden Flüssigkeit ab.

Der kleine Munk zog seine empfindlich getroffene Nase schleunigst zurück und revanchierte sich mit dem Satz:

„Kein Wunder, dass der Weihnachtsmann von euch nichts wissen will. Ihr seid doch zu dämlich!"

Dieser Äußerung, zu der sich der kleine Munk hinreißen ließ, können wir natürlich keinesfalls zustimmen. Denn Ameisen sind sehr fleißige und nützliche Tiere. „Lass sie leben, wie sie leben", sagte Vater Hase deshalb auch zu seinem empörten Sohn und ermahnte ihn, sich nicht in den Mittelpunkt zu stellen. Andererseits wollen wir gerne nachsichtig sein und dem kleinen Munk verzeihen und ihn nicht verurteilen. Denn wer in so großer Freude unerwartet eine schmerzende Nase verpasst bekommt, der kann sich schon mal im Wort vergreifen.

Übrigens hat der kleine Munk sich später sogar bei den Ameisen entschuldigt und ihnen ein paar Krümel von den Weihnachtskeksen an ihren Nadelhaufen gelegt.

„Wie lange ist es noch bis zum Heiligen Abend?", fragte unser kleiner Liebling, nachdem sein Nasenwehweh verflogen war.

„Von heute in fünf Tagen", erklärte Mutter Hase. Und hinfort machte der kleine Munk nach jedem vergangenen Tag einen Haken und konnte einen Tag davor seine Aufregung kaum mehr aushalten.

In den letzten Tagen hatte es kräftig geschneit, so richtig dicke

Flocken, dass nun für die Weihnachtszeit wirklich kein Wunsch mehr übrig blieb.

Jetzt, da der Auftrag erledigt war, überkam Liselotte dann doch eine große Müdigkeit. Sie schaffte es gerade noch bis zu ihrer eigenen Kuhle, dann plumpste sie hin und schlief sofort ein. Es dauerte eine Nacht, einen Tag und noch eine Nacht, bis sie endlich wieder erwachte. Dann aber fühlte sie sich erfrischt und zu neuen Taten aufgelegt.

Als sie die Augen aufschlug, zwitscherte ein Vogel auf einem Zweig über ihr: „Wolltest du arme, erschöpfte Langohrhäsin gar bis ins neue Jahr schlafen?"

„Wieso? Wie spät ist es denn?"

„Wie spät? Es ist schon übermorgen!"

„Nein!", rief Liselotte erschreckt. „Habe ich etwa Weihnachten verpasst!?"

„Da hätte ich dich schon vorher geweckt. Denn ein Bote aus einem fernen Land ist hier gewesen und hat etwas abgelegt. Ich musste ihm versprechen, dir unbedingt noch heute kräftig am Ohr zu zwicken, damit du wieder zu dir kommst. Es gibt einen neuen Auftrag für dich, diesmal vom Weihnachtsmann persönlich."

Schwester Hase sprang auf und blickte sich um. Tatsächlich, dort, wo sie eben noch mit ihrem Kopf gelegen hatte, entdeckte sie ein Paket und ein Päckchen, beide mit waldgrünem Papier eingeschlagen. Und zwischen ihnen war ein Brief eingeklemmt.

„Himmel!", stieß Liselotte aus, „welch eine Überraschung wartet da auf mich? Wie gut nur, dass diese Tarnfarbe gewählt wurde. Wer weiß, ob nicht inzwischen ein anderer die Sachen aufgespürt und daran Gefallen gefunden hätte.

Ich bin auch eine unverantwortliche Langschläferin!"

„Deine Befürchtungen sind unbegründet", entgegnete der kleine Zeisig, „ich wurde zum Aufpasser bestimmt. Und wäre ein Dieb herangeschlichen, hätte ich alle Vögel des Waldes zusammengetrommelt. Unser anschließendes Krachkonzert hätte dem Langfinger bestimmt das Trommelfell platzen lassen, wenn er nicht schleunigst seine Beine in die Hand genommen und ohne Diebesgut wieder verschwunden wäre.

Und mach dir keine Selbstvorwürfe, du hast viel geleistet und die Ruhe wirklich benötigt. Doch jetzt bin ich selbst gespannt, was diese ungewöhnliche Sendung enthält. Schau nach, bitte schau nach und zeig mir alles!"

Schwester Hase schnupperte zunächst rundherum am Papier. „Riecht schon mal gut", meinte sie.

Dann beugte sich Liselotte über den Brief und zog ihn mit zitternden Pfoten hervor.

„Laut vorlesen", zwitscherte der Zeisig, „ich behalte auch alle Geheimnisse für mich."

„Ich hoffe, ich mache damit nichts Falsches", erwiderte Schwester Hase ein wenig unsicher. Sie schaute sich noch um, ob auch niemand sonst zuhörte, dann vertiefte sie sich in das Schreiben und begann mit deutlicher Stimme vorzutragen:

Liebe Liselotte!

Da ich ein viel beschäftigter Mann bin, bitte ich dich, mir einen Gefallen zu tun und etwas Arbeit abzunehmen. Werde selbst als meine Vertretung zu einem kleinen Weihnachtsmann. Zieh daher das zugeschickte Kostüm an und achte darauf, dass deine Ohren vollständig unter der Kapuze verschwinden. Überbringe dem kleinen Munk am Nachmittag des 24. Dezembers seine Geschenke.
Sage ihm gerne, dass du ein Nachwuchsweihnachtsmann bist.

Die ganze Hasenfamilie möchte sich dann bitte am selben Tage in der Dämmerung ans Feld begeben, denn ich fahre dort mit meinem Schlitten vorbei und will ihnen unbedingt zuwinken.

Viel Erfolg,
Euer aller Weihnachtsmann

PS: Deine Belohnung wird nachgereicht.

„Du hast es gut", rief der Zeisig aus. „Gib dir ordentlich Mühe, vielleicht wirst du beim Weihnachtsmann bald fest angestellt. Denk dann auch an mich!"

Schwester Hase war zunächst so überwältigt, dass sie gar nichts sagen konnte. Bald aber meldete sich ihre Neugier und sie holte das Kostüm mit dem lockigen Bart heraus und probierte es sogleich an.

„Es passt perfekt", stellte Liselotte fest, „woher kennen die nur meine Größe so genau? Auch die Ohren finden Platz, und es zwickt kein bisschen. Ich könnte mich in dieses Kleidungsstück richtig verlieben."

„Ob es für mich auch so etwas gibt?", fragte der Zeisig ein wenig neidisch. „Ein Vogel im Mantel, das dürfte sehr komisch aussehen", meinte Schwester Hase, „auf jeden Fall müsstest du deine Flügel hinten durchstecken können, sonst wärst du nur ein Springinsfeld und von jedem leicht zu erhaschen. Bleib mal lieber in Sicherheit und schau dir alles genüsslich von oben an."

Doch der Zeisig maulte und dachte: „Zu gerne wäre ich ein fliegender Miniweihnachtsmann." Doch dann gab er sich mit seinem Los zufrieden, putzte seine Flügel und flog federleicht davon.

Liselotte untersuchte den Weihnachtssack jetzt weiter und entdeckte eine kunstvoll verzierte Dose mit Hasenweihnachtsgebäck. Sie konnte nicht widerstehen und naschte ein Plätzchen. „Hmmm", sagte sie, „die verstehen sich aufs Backen und geradezu grandios auf unseren Geschmack. Aber jetzt zu mit der Dose, sonst habe ich sie im Handumdrehen leer geputzt."

Das Päckchen für den kleinen Munk durfte sie natürlich nicht öffnen. Sie legte es beim Schlafen stets unter ihren Kopf. Liselotte ging nun daran, sich für ihre Aufgabe gut vorzubereiten.

Heiligabend

Der Weihnachtstag kam still daher. Kein Windhauch wehte übers Land und alles wirkte so angenehm friedlich.

Am Vormittag schien noch für einige Zeit die Sonne, dann zog der Himmel zu. Doch niemand störte das, denn eine wundersame Stimmung breitete sich aus.

Liselotte machte sich rechtzeitig mit ihrem Gepäck auf den Weg, um vor der Dämmerung bei ihren Verwandten einzutreffen. Wiederholt hatte sie die Sätze geprobt, die sie für den kleinen Munk sprechen wollte.

Dann war es so weit. Sie trat aus dem Wald, ging auf den kleinen Munk zu und klopfte mit dem einen Hinterlauf hörbar auf den Boden.

„Kleiner Munk", sprach sie, „du bist das erste Hasenkind, das vom Weihnachtsmann beschenkt wird. Vielleicht werden es einmal alle sein. Denn ich als sein Bote soll dir mitteilen, es gibt darüber im Weihnachtsmannland ernste Überlegungen. Denn dort sagt man sich: ‚Die Hasensippe, die in jedem Frühjahr so fleißig ist und für viele, viele Kinder die Ostereier versteckt, hat es verdient, auch einmal bedacht zu werden.' Deshalb werden sicher bald alle heranwachsenden Mümmelmänner etwas abbekommen. Mögen die Haseneltern durch die Freude ihrer Kinder genug beschenkt sein.

Ich übergebe dir, kleiner Munk, mit den besten Grüßen dieses Geschenk."

Liselotte nahm den Sack von der Schulter und überreichte dem kleinen Hasen das Päckchen. Vater und Mutter Hase halfen beim Auspacken, denn der kleine Munk war so hibbelig, dass er das verknotete Band nicht abbekam.

Als der Karton geöffnet wurde, stieß unser Munk einen Freudenschrei aus.

„So habe ich mir das gewünscht!", bestätigte er den Volltreffer. „Genau so! Der Weihnachtsmann ist wirklich 'ne tolle Nummer! Könnte ich ihn bloß einmal selber kennenlernen! Lieber Weihnachtsbote, ich drücke dir zwanzig Küsse auf, überbringe sie bitte diesem famosen Herrn!"

Und der kleine Munk tanzte ausgelassen vor aller Augen und drückte dabei den überreichten Kuschelhasen ganz, ganz fest an sich.

Der Zeisig, der inzwischen herangeflogen war, um sich dieses Schauspiel nicht entgehen zu lassen, hörte die überglücklich herausgestoßenen Worte: „Mit dem werde ich jetzt immer einschlafen. Ich habe einen Bruder, der ganz mir gehört, wie herrlich! Wie wunderschön!"

Es dauerte einige Zeit, bis Munk an das zweite Geschenk dachte. Als er erneut in den Karton blickte, holte unser Glückspilz einen nagelneuen Schlitten in Stromlinienform heraus.

„Vater", hörte man ihn, „da kommt Arbeit auf dich zu. Heute gönn ich dir noch die Weihnachtsruh, aber morgen wirst du angespannt und dann geht's im Galopp durchs Gelände."

„Schau einer an", sagte Vater Hase, „kaum kriegt er eine Extrazuteilung, da wird mein Sohn gleich zum Kommandeur."

Doch beide Eltern waren glücklich über ihr Kind, das in frühen Tagen so oft kränkelte und nur langsam größer wurde, jetzt aber ein kräftiger Hase zu werden schien.

Ja, Freude macht stark!

Als Liselotte den rechten Augenblick gekommen sah, holte sie das Weihnachtsgebäck hervor und übergab es feierlich den Haseneltern.

„Schau einer guck!", entfuhr es Vater Hase, „das hätte ich nicht gedacht. Da gibt's ja doch noch etwas für uns beide." Vater Hase angelte sich das größte Stück und biss hinein. „Ich hör die Engel singen", meinte er entzückt. „Komm, mein liebes Frauchen, das musst du ebenfalls sogleich probieren." Und auch Mutter Hase war voll des Lobes und äußerte: „Welch eine Gaumenlust! Das gerne öfter. Wir müssen uns mit dem Weihnachtsmann unbedingt gut stellen. Hat er vielleicht auch Wünsche? Vielleicht ein knackiges Osterei mit Eierlikör? Das will ich rauskriegen."

Und sie naschten beide um die Wette.

Liselotte bemerkte, dass die Dämmerung hereinbrach, deshalb bat sie die Hasenfamilie, für eine äußerst wichtige Mitteilung von ihrer Beschäftigung abzulassen und ganz Ohr zu sein.

„Was kommt denn nun noch?", dachte Mutter Hase, „wir haben doch wirklich alles."

„Äußere dich geschwind", sagte Vater Hase ein wenig ärgerlich, denn er fühlte sich beim Verzehr des leckeren Gebäcks echt gestört. Doch dieses Gebäck fiel ihm fast aus der Hand, als er

die Nachricht erfuhr, dass der Weihnachtsmann jeden Augenblick bei ihnen vorbeikommen sollte.

„Potzblitz", rief Mutter, „nichts wie ans Feld!"

Alle stürmten los und der kleine Munk schrie: „Ich glaube, ich höre ihn schon! Es ertönen Schellen und Glocken, das ist seine Begleitmusik, davon hat mir Großvater erzählt!"

Kaum hatten sie alle freie Sicht, wurde in der Ferne, von stiebendem Schnee begleitet, ein immer größer werdender Schlitten sichtbar. Davor kräftige Rentiere, die sich mächtig ins zeug legten. Und unübersehbar thronte der Weihnachtsmann von unzähligen Geschenken eingerahmt oben drauf.

Vater Hase, Mutter Hase und der kleine Munk rissen ihre Mäuler auf und so blieben sie, bis der Weihnachtsmann bei ihnen anhielt. Eine unerklärliche Furcht überkam plötzlich alle drei, und fast wäre die ganze Familie noch geflüchtet und hätte damit das wohlbekannte Hasenpanier ergriffen.

Doch da hörten sie die freundliche Stimme dieses Mannes, der mit schelmischen Augen sagte: „Macht eure Mäuler lieber wieder zu, sonst gibt es Durchzug. Die Luft ist recht frisch, ihr könntet euch erkälten. Fröhliche Weihnacht!"

Der Bann war gebrochen und sie eilten auf den Schlitten zu und begrüßten beglückt den weitgereisten Mann.

Mit einem gewaltigen Satz, den niemand diesem kleinen Hasen zugetraut hätte, sprang Munk dem Weihnachtsmann direkt auf den Schoß.

„Verzeih mir", sagte er hastig, „aber ich wollte einfach ganz dicht bei dir sein, um mein Danke, Danke, Danke loszuwerden."

Schon war er wieder heruntergesprungen und zu den Eltern geeilt. Als er sich umdrehte, zog der Schlitten bereits an und winkend setzte der Weihnachtsmann seine schnelle Fahrt fort. Zunächst schwiegen sie alle ergriffen. Dann meinte der kleine Munk:

„Mehr gibt's nicht. Das lässt sich nicht mehr toppen."
Jeder mit seinen eigenen Gedanken beschäftigt, hoppelten sie
zur Kuhle zurück. Da bemerkten sie, dass sich ihr Weihnachtsbote
klammheimlich davongemacht hatte.

„Er muss bestimmt weiter", entschuldigte ihn die Mutter.
„Anderswo erwartet man ihn ebenfalls sehnsüchtig. Im nächsten
Jahr kommt er bestimmt wieder."

Und dann fiel ihr ein: „Ach, ich habe in der Aufregung ganz
vergessen, den Weihnachtsmann nach seinem Wunsch zu fragen.
Da will ich ihm doch gleich einen Brief schreiben.
Liselotte wird wissen, wie die Post zu ihm gelangt. Wo ist überhaupt
Liselotte? Sie hat uns doch sonst immer zum Heiligabend besucht!

„Wir machen es diesmal umgekehrt", meinte der Vater, „und
brechen morgen zu ihr auf."

„Au fein!", rief der kleine Munk, „da lässt sich gleich der neue
Schlitten ausprobieren."

Der Vater biss sich auf die Lippen, denn er wusste, dass er sich
nun selbst diese mühselige Schlittentour eingebrockt hatte.
Aber Schwamm drüber. Als sie am nächsten Tag „aus den Federn
sprangen", lag überall glitzernder Neuschnee.

„Ein klasse Tag", meinte der kleine Munk, „fast wie im Märchen."
Und er gab sich bei der Morgentoilette ordentlich Mühe.
Er putzte und putzte sich, dreimal von oben nach unten und
wieder zurück. Denn es ging ja auf Weihnachtsbesuch.

Nach dem Frühstück legte sich Vater Hase ins Geschirr und mit roten Backen erreichten alle Familienmitglieder fröhlich die vom Weihnachtsboten wieder zur Häsin verwandelte Liselotte.

Kleine Malecke

Hier darfst du ins Buch malen.

Wunschzettel

von .... :

Lieber Weihnachtsmann,
Ich wünsche mir zu Weihnachten ....

....

....

....

....

....

....

Vielen Dank,

....